VENTE DU MARDI 19 MARS 1889

HÔTEL DROUOT, SALLE N° 4

ANCIENNES PORCELAINES

ET

POTERIES

De la Chine, du Japon et de Siam

PIÈCES D'ÉCHANTILLON

OBJETS VARIÉS

BIJOUX ET ORFÈVRERIE

EXPOSITION PUBLIQUE

LE LUNDI 18 MARS 1889

DE 1 HEURE A 5 HEURES

Me PAUL CHEVALLIER
COMMISSAIRE-PRISEUR
10, rue de la Grange-Batelière, 10

M. CHARLES MANNHEIM
EXPERT
7, rue Saint-Georges, 7

HOMO
ADDITVS
NATVRAE

CATALOGUE

DES

ANCIENNES PORCELAINES

ET

POTERIES

De la Chine, du Japon et de Siam

Pièces d'échantillon

BRONZES, ÉMAUX, FAÏENCES EUROPÉENNES

Objets variés

BIJOUX ET ORFÈVRERIE

DONT LA VENTE AURA LIEU

HOTEL DROUOT, SALLE N° 4

Le Mardi 19 Mars 1889

A 2 HEURES

Mᵉ PAUL CHEVALLIER	M. CHARLES MANNHEIM
COMMISSAIRE-PRISEUR	EXPERT
10, rue de la Grange-Batelière, 10	7, rue Saint-Georges, 7

EXPOSITION PUBLIQUE

Le Lundi 18 Mars 1889, de une heure à cinq heures

CONDITIONS DE LA VENTE

Elle sera faite au comptant.

Les acquéreurs payeront, en sus des adjudications, *cinq pour cent* applicables aux frais.

L'Exposition mettant le public à même de se rendre compte de l'état des objets, il ne sera admis aucune réclamation une fois l'adjudication prononcée.

Paris. — Imp. de l'Art, E. Ménard et Cie, 41, rue de la Victoire.

DÉSIGNATION DES OBJETS

PORCELAINES ET POTERIES

BLANC DE CHINE

1 — Deux statuettes de divinités debout, en ancien blanc de la Chine.

2 — Deux petites coupes oblongues, évasées, et à pans, en ancien blanc de Chine.

3 — Flacon piriforme, en porcelaine blanche de la Chine gaufrée, à fleurs et ornements.

4 — Petit vase en forme de balustre carré, en blanc de Chine gaufré, à ornements et à anses têtes chimériques.

5 — Trois pièces en porcelaine blanche : pitong gaufré, à chimères sur fond découpé; gobelet évasé et gravé, et petit vase lobé.

6 — Cornet en blanc de Chine, gravé.

CÉLADONS

7 — Petit vase doléiforme, en céladon bleu turquoise.

8 — Petit vase analogue à celui qui précède, portant des marbrures métalliques.

9 — Petit vase en forme de carafe, en céladon bleu turquoise uni.

10 — Petite gourde à double renflement, en céladon bleu turquoise uni.

11 — Pitong en céladon bleu turquoise ajouré, dont le pourtour se compose de rochers, d'arbustes et de fleurs gaufrés en relief.

12 — Vase en forme de balustre, en céladon bleu turquoise uni.

13 — Vase en forme de balustre quadrilobé et à deux anses garnies d'anneaux en céladon bleu turquoise uni.

14 — Flacon piriforme, en céladon bleu turquoise uni.

15 — Petit vase en forme de balustre, en céladon marbré de vert.

16 — Plat rond, en céladon bleu empois, décoré d'attributs gaufrés en relief et émaillés gris et brun.

17 — Vase en vernis céladon turquoise truité.

18 — Gargoulette en céladon turquoise truité.

19 — Paire de chimères debout, sur socles carrés, émaillées bleu turquoise.

20 — Vase piriforme, à col évasé, en céladon vert, gaufré sous couverte.

CRAQUELÉS

21 — Petit vase en forme de carafe, en ancienne porcelaine craquelée jaunâtre de la Chine.

22 — Vase en forme de balustre renversé, en céladon craquelé bleu empois clair.

23 — Deux vases, l'un en céladon vert, gaufré et craquelé ; l'autre, à larges craquelures sur fond gris.

24 — Vase en forme de carafe, en porcelaine blanche, à larges craquelures et à anses têtes chimériques émaillées brun.

25 — Deux petits brûle-parfums en porcelaine craquelée : l'un, uni ; l'autre, brun, à bande d'ornements saillants,

SOUFFLÉS

26 — Petit vase en forme de gourde, à double renflement, en porcelaine soufflée de bleu, de la Chine.

27 — Petit vase en forme de gourde, à triple orifice, en porcelaine de Chine soufflée de bleu.

28 — Flacon-tabatière, de forme cylindrique, de même qualité que la pièce qui précède.

29 — Petit vase en forme de balustre, jaspé de bleu.

30 — Deux petits vases : l'un, en forme de balustre, à fond bleu verdâtre, soufflé ; l'autre, émaillé vert marbré.

FAMILLE VERTE

31 — Petite potiche hexagone en ancienne porcelaine de Chine à fond noir et décor de fleurs arabesques en émaux de la famille verte. Chacun de ses pans ajourés présente des branches de bambou gaufrées. Elle est garnie d'une monture en argent.

32 — Petit vase en forme de balustre en ancienne porcelaine de Chine, décoré en émaux de la famille verte, à compartiments de fleurs et ornements.

33 — Deux très petites potiches et un cornet, fond et réserves décorées de paysages avec figures.

34 — Joli bol à bord évasé en ancienne porcelaine de Chine, décoré en émaux de la famille verte. A l'extérieur, paysage et personnages ; à l'intérieur, bordure d'ornements et personnage au fond.

35 — Petite coupe ovale à côtes, en vieux Chine, décorée en émaux de la famille verte, à fleurs et oiseaux.

36 — Deux plats octogones décorés en émaux de la famille verte. Au fond, un sujet familier ; au marli, quatre réserves à insectes.

DÉCORS VARIÉS

37 — Petit vase doléiforme en porcelaine de Chine, marbré d'émail violacé.

38 — Petite gourde à double renflement, émaillée rouge et violet jaspés.

39 — Gourde analogue à celle qui précède, mais plus petite. Celle-ci est émaillée rouge haricot.

40 — Petit vase à panse sphérique et col cylindrique émaillé rouge haricot.

41 — Deux petits vases en porcelaine de Chine, en forme de balustre renversé, émaillés bleu uni.

42 — Écritoire à triple godet placé dans un récipient à pourtour ajouré, à décor en bleu, rouge et or. Les godets sont décorés de fleurs en émaux de la famille rose.

43 — Petit vase piriforme émaillé bleu foncé.

44 — Petit vase de même forme émaillé bleu.

45 — Deux vases émaillés bleu, l'un à panse sphérique, l'autre piriforme.

46 — Vase en forme de carafe à goulot renflé, émaillé bleu empois.

47 — Flacon piriforme émaillé vert camélia.

48 — Vase à panse sphérique et col cylindrique, émaillé vert marbre.

49 — Vase cylindrique à col rétréci, émaillé jaune uni.

50 — Deux jolis bols à fond rose finement gravé, sur lequel se détachent des ornements en couleurs et réserves circulaires de paysages. A l'intérieur, décor de fleurs en bleu. Règne de Kien-Long.

51 — Flacon piriforme à long col en porcelaine du Japon, à décor de fleurs arabesques, en bleu, rouge et or.

52 — Vase forme carafe, décoré de deux chimères gravées et émaillées en couleurs sur fond jaune nankin.

*

53 — Vase analogue, mais plus petit, décoré de branches fleuries.

54 — Petit vase cylindrique à décor de fleurs arabesques et ornements en bleu.

55 — Vase-applique à fond rouge, décor d'or et cartouche portant une longue inscription.

56 — Petit vase cylindrique à deux petites anses légèrement saillantes, jaspé de brun et de bleu.

57 — Vase en forme de balustre aplati, à angles coupés, émaillé violet jaspé.

58 — Deux vases en terre émaillée, l'un jaspé bleu violacé, et l'autre brun.

59 — Deux petits vases, l'un en forme de tonnelet allongé marbré de brun, l'autre en grès émaillé gris et brun.

60 — Vase en forme de balustre, émaillé rouge haricot uni. Époque de Kien-Long.

61 — Deux petits vases, l'un à panse sphérique et col cylindrique émaillé brun verdâtre, l'autre émaillé rouge haricot.

62 — Très petit vase en forme de balustre, émaillé jaune uni.

63 — Trois soucoupes en vieux Chine, dont deux à décor émaux de la famille rose, à lambrequin et rosace ; la dernière à fond noir.

64 — Deux plateaux en porcelaine de Chine, l'un à fond jaune gravé et décoré de fleurs ; l'autre, à fond rose et décor en camaïeu rose.

65 à 67 — Onze très petits vases variés de formes et de décors. (Ce lot sera divisé.)

68 — Flacon à panse lenticulaire, décoré d'ornements en rouge, bleu et or sur fond bleu clair.

69 — Petit perroquet sur rocher, émaillé au naturel.

70 — Petit brûle-parfums quadrangulaire, à fond rouge et décor d'or.

71 — Chien couché décoré au naturel et supportant un petit vase à col évasé.

72 — Trois écuelles et un petit plateau en porcelaine du Japon émaillée jaune.

73 — Petit écran en porcelaine du Japon émaillée bleu.

74 — Deux plats, décor rayonnant, en vieux Chine, à dessin bleu sur émail blanc.

75 — Enfant accroupi portant un masque de dragon, en porcelaine de Chine craquelée avec émaux de couleur.

76 — Figurine de personnage accroupi, en porcelaine de Chine, émaillée vert, avec mains et figure émaillées brun.

77 — Vingt-quatre petites assiettes en Chine moderne, en émaux de couleur sur fond vert.

78-79 — Quatre petits vases à col court, en porcelaine de Chine, à décor de dragons, gravé sous couverte jaune impérial.

80 — Deux vases à col plissé, en Japon moderne, décor de personnages, bordure rouge.

81 — Vase en forme de courge, émaillé rouge haricot.

82 — Grande bouteille à col allongé, émaillée rouge haricot.

83 — Petit support en forme de baril, émaillé rouge haricot.

84 — Bouteille à deux renflements, décor de feuilles en bleu sur émail blanc.

85 — Vase quadrangulaire, décor de plantes fleuries, d'oiseaux et de rochers en bleu, avec rehauts d'émaux de couleur sur émail blanc.

86 — Bouteille en céladon vert d'eau, à ornements gaufrés.

87 — Bouteille surbaissée, décor de fleurs arabesques en bleu et rouge de fer sur émail blanc.

88 — Vase balustre en ancienne porcelaine de Chine, décor d'ornements gaufrés sous émail bleu pâle.

89 — Bouteille à corps ovoïde, en céladon craquelé, avec col flambé rouge.

90 — Bouteille piriforme à col droit, en ancienne porcelaine de Chine, à décor de fleurs arabesques en bleu sur émail blanc.

91 — Bouteille à panse piriforme et col droit, en

ancienne porcelaine de Chine, émaillée vert bronze.

92 — Vase piriforme à col évasé, en vieux grès de la Chine, émaillé brun poudré d'argent.

93 — Bouteille piriforme à col droit, en porcelaine de Chine, émaillée rouge lie de vin.

94 — Jardinière à six pans ajourés, en porcelaine de Chine moderne.

95 — Vase droit, à décor bleu et blanc, à paysage et pagode.

96 — Vase formé d'une double grenade, à décor polychrome.

97 — Gargoulette en porcelaine de Chine, émaillée rouge flambé.

98 — Bouteille émaillée violet.

99 — Cornet à renflement médian, décor bleu et blanc, à rochers et fleurs.

100 — Cornet droit, à décor bleu et blanc, à personnages.

101 — Vase en ancienne porcelaine de Chine, décoré en émaux de la famille rose, à personnages.

102 — Potiche à décor de personnages en émaux de la famille rose.

103 — Potiche forme boule, à décor de fleurs et d'oiseaux, en émaux de la famille rose.

104 — Potiche analogue, décorée de jeux d'enfants.

105 — Six assiettes à décor au trait, à l'encre de Chine, rehaussé de dorure à sujet et trophée au fond, et arabesques au marli.

PORCELAINES ET POTERIES

DU JAPON

106 — Figurine en vieux Japon, décor polychrome.

107 — Fontaine à pans en Japon, à col renflé, supportée par trois figurines et décorée en émaux de couleur.

108 — Trois pièces : plateau en forme de poisson et deux bols en Japon moderne.

109 — Dix-huit tasses et vingt soucoupes en Chine, décorées en bleu et à fond partiel d'émail vert.

110 — Deux plats à barbe en porcelaine du Japon, à décor de fleurs en bleu, rouge et or.

111 — Six petits bols, une théière et un petit vase à anse, en porcelaine de Chine et du Japon.

112 — Vase piriforme en ancienne poterie du Japon, dite ancien truité, décoré de branches de pêcher émaillées bleu, vert et or.

113 — Petit brûle-parfums en poterie de Satzuma, à panse sphérique, à deux anses en S et à couvercle surmonté de fleurs et de feuillages. Il est décoré de fleurs en couleurs et or.

114 — Vase en forme de gourde, à double renflement, en grès émaillé brun verdâtre et à dessins d'ornements émaillés blanc.

115 — Huit bols en poterie du Japon (Satzuma et autres), variés de formes et de décors.

116 — Statuette en poterie du Japon, à décor polychrome : Personnage assis sur rocher.

117 — Petit vase en poterie du Japon, jaspé de bleu et de violet.

118 — Deux vases-balustres carrés en poterie du Japon, à fleurettes et papillons en relief et décor en émaux de couleur, avec rehauts d'or.

119 — Théière en poterie de Satzuma.

PORCELAINES ET POTERIES DE SIAM

120 à 149 — Environ cent cinquante pièces de porcelaine et de poterie de Siam, variées de formes et à décors de fleurs et de divinités émaillés en couleur. (Ce lot sera divisé.)

OBJETS VARIÉS DE L'ORIENT

150 — Brûle-parfums en bronze de la Chine, niellé d'argent, avec couvercle en bois de fer sculpté.

151 — Cloche en bronze de la Chine, suspendue dans un cadre en bois sculpté.

152 — Grand vase carré en bronze de la Chine, avec socle en bois de fer.

153 — Boîte octogonale à trois compartiments superposés, en bronze de la Chine, décorée à sa partie supérieure d'un paysage à personnages sur fond doré, et sur ses pans, de médaillons à fleurs et attributs.

154 — Petit vase en bronze de la Chine, de forme ronde, orné sur son pourtour de trois fonghoangs en bas-relief.

155 — Petite jardinière quadrilatérale en bronze de la Chine, reposant sur quatre pieds et décorée de grecques et de rosaces.

156 — Deux petits vases en forme de balustre, en émail peint de la Chine, décorés de fleurs et d'ornements polychromes sur fond violacé.

157 — Soucoupe en cuivre émaillé, à figures et ornements, sur pied en bronze doré.

158 — Paire de cornets en émail cloisonné de la Chine.

159 — Plateau rond en émail cloisonné du Japon, reposant sur un trépied.

160 — Tête en ivoire du Japon et petit char indien en ivoire, tiré par deux bœufs.

161 — Pitong en ivoire de la Chine, décoré sur son pourtour d'un paysage à personnages.

162 — Ouvrage de patience en ivoire de la Chine, composé d'une sphère ajourée en contenant plusieurs autres concentriques, surmontée d'un groupe de trois personnages et reposant sur un pied sculpté.

163 — Deux bols en jade gris, à bords dentelés et à pourtour côtelé.

164 — Trois petits flacons-tabatières, dont deux en verre à fleurs en relief, et l'autre en terre.

165 — Grande boîte plate rectangulaire en bois dur de la Chine, décorée d'un sujet funéraire.

166 — Petite jonque chinoise en filigrane d'argent.

OBJETS VARIÉS EUROPÉENS

167 — Petit coffret rectangulaire en ivoire, de style Renaissance, à couvercle bombé, décoré sur son pourtour de rinceaux en bas-relief.

168 — Statuette d'homme assis : terre cuite du XVIIIe siècle.

169 — Plat en faïence Manissès.

170 — Deux vases variés de décor, en faïence marocaine.

171 — Deux plats en faïence de Delft, décor polychrome dans le goût chinois.

172. — Deux plats variés plus grands, décor polychrome.

173 — Plat rond en faïence d'Urbino, décor à médaillons, chimères et arabesques en couleur sur émail blanc.

174 — Jardinière lobée et à deux anses en terre de Lorraine, décor à figures polychromes et hachures roses.

175 — Ange porte-cierge en terre émaillée. École des Robbia.

176 — Miniature sur vélin d'après Raphael, signée Romanini, portrait de femme.

177 — Dessus de boîte en émail de Saxe, peint en camaïeu vert : sujet Watteau ; cadre en bois doré.

178 — Flambeau en agate à pied octogone.

179 — Statuette de femme nue en ivoire : Allemagne. XVIIe siècle.

180 — Soixante-deux manches de couteau en jaspe.

181 — Petite boîte en bois, deux petites plaquettes russes et petit écusson en cuivre.

BIJOUX ET ORFÈVRERIE

182 — Garniture de trois boutons, composés chacun d'un brillant avec monture d'or.

183 — Paire de boutons de manchettes en or de couleur.

184 — Montre plate à répétition en or.

185 — Chaîne de col en or avec coulant.

186 — Chaîne de gilet en or et deux porte-mines, l'un en or et l'autre en argent émaillé.

187 — Gobelet de verre avec monture en argent doré.

188 — Petite pendule en argent doré, décorée d'émaux en couleur.

189 — Cafetière en argent à panse sphérique.

190 — Dix-neuf couverts à filets, en argent.

191 — Trois cuillères à entremets, quatre cuillères à café et une petite cuillère, en argent.

192 — Un couvert à salade, une pince à sucre, six cuillères à café et six couverts à entremets, en métal argenté.

www.ingramcontent.com/pod-product-compliance
Ingram Content Group UK Ltd.
Pitfield, Milton Keynes, MK11 3LW, UK
UKHW020410190726
13838UKWH00006B/2341

9 782329 344676